Rebigots

Estrella Ramon

Il·lustracions de Monse Fransoy

editorial cruïlla

Primera edició: juliol de 1997
Tercera edició: abril de 2001

Direcció literària: Montse Ingla Mas
Edició: Gemma Lienas i Massot
Il·lustracions i coberta: Monse Fransoy Bel

Balmes, 245 - 08006 Barcelona
editorial@cruilla.com

Comercialitza: CESMA, SA
Catalunya i Balears: tel. 936 308 400
fax 936 308 750
cruilla-cesma@ediciones-sm.com
C. Valenciana: tel. 963 498 087
fax 963 474 836

ISBN: 84-8286-306-1
DL: M-14.564-2001
Imprès a Espanya / *Printed in Spain*
Impremta Orymu, SA

Per a Marcel i per a Heik,
dos ratolins molt valents

1
Els retrats de l'avi Anton

EL CELLER de la família Prades era –com tots els cellers del món– un indret fosc, polsós, humit i silenciós. Ep! Un moment. Esborreu això de silenciós. El celler de la família Prades era fosc, polsós i humit, però qualsevol que hagués parat l'orella amb una mica d'atenció, de seguida s'hauria adonat que, de silenciós, no en tenia res.

Aquella tarda, la família Ratonell gairebé al complet rebullia entusiasmada dins la capsa de detergent que feia de casa a la tia Caseria. Tots reien i cridaven al voltant d'una gran fondue i, de tant en tant, ensumaven l'apetitosa aroma de formatge que es desprenia de l'olla. Al darrer moment, com sempre, va arribar l'Antolí esbufegant per la correguda.

–Antolí! Regats! Ja fas tard! Mira que t'ho hem dit cent-mil vegades: A la taula i al llit, al primer crit! No n'aprendràs mai –el renyà la seua mare.

–La veritat, no sé quin servei et fan aquestes dents del davant, rebigots! Continues tan gat com sempre! –afegí el seu pare. I encara sort que la tia Caseria anuncià en aquell precís moment que la fondue estava a punt, que si no, pobre Antolí, encara l'estarien renyant ara.

L'avi Anton va sucar la primera molleta de pa a l'olla i digué entusiasmat:

–Mmm! Deliciosa, Caseria! Quina fondue! Cada vegada et surten més bones!

I llepant-se els bigots continuà la conversa que duien abans que arribés –tard com sempre– l'Antolí.

–Bé, família, i tornant al que us deia,

com tots podeu apreciar, ara que a la fi ha aparegut, al nostre Antolí acaben de sortir-li les dues pales del davant. Ja és un ratolí fadrí. Així que ha arribat el moment que trobe una bona faena, una de ben esgarrifosa, i es faça el retrat per a la galeria dels Ratonell.

I l'avi callà un moment per sucar una altra molleta a la fondue. Mmm! Que bona! Ningú no deia res. Excepte l'Antolí, que encara s'estava allà palplantat amb la coa estirada per terra i les orelles cotes, tots els Ratonell sucaven molles de pa dins de la fondue i remenaven els bigots a tota velocitat.

–El cas és que ell encara no sap ben bé quin ofici triar, per això havia pensat que avui que estem tots junts podíem aprofitar l'ocasió i mirar d'ajudar-lo a trobar una faena que li escaiga.

–Molt ben pensat, iaio Anton –concedí el pare de l'Antolí. I torcant-se una molleta que li havia quedat enganxada afegí:– Mireu, jo sempre havia volgut que el meu fill fos pirata, com el gloriós R. L. Stevenson Ratonell. Us imagineu que bé sonaria? Antolí Ratonell el Terror de Tots els Mars. El gran capità pirata. Ja veig el retrat. Les orelles de l'Antolí, desplegades als huracans del Carib, tan grosses que gairebé sortiran del quadre. L'esclat de cent llamps mossegant-li l'esquena i ell, allà dret, ni cas, impertorbable. Onades de quilòmetre d'altes a punt de negar la coberta del seu vaixell i ell, allà dret, ni cas, impertorbable. Mil taurons plens de dents, botant pertot arreu i ell...

A mesura que el pare de l'Antolí descrivia l'escena, tots els Ratonell sospiraven emocionats. Pirata! Quin ofici més escaient! D'ençà que el món era món i el formatge era formatge, la nissaga dels Ratonell s'havia distingit clarament de les altres famílies de ratolins per la seua tossuda dedicació a atemorir qualsevol que gosés passar-los per davant del bigot: pirates,

vampirs, enverinadors, mosqueters, bandolers... Tots havien estat terribles, ferotges i espaordidors. I tots, sense deixar-ne un, havien sabut trobar el moment adequat per fer-se pintar un retrat i penjar-lo després a la pinacoteca dels Ratonell.

De debò que m'hauria agradat conèixer l'eminent biòleg que s'havia atrevit a generalitzar i havia conclòs que els ratolins eren unes bestioles porugues i tendres. Borinot poca-solta. Ja devia ser un d'aquells setciències incapaços de trobar un forat en un emmental. Un Ratonell, hauria hagut de conèixer! Porucs i tendres... I un gat negre!

De totes maneres, per més bona faena que fos la de pirata, la mare de l'Antolí no el deixà acabar.

–Calla, regats! Que sempre parla qui més hauria de callar. Allò que cal a la família és un bon vampir, que no en tenim cap des de l'àvia Parmesina.

A l'instant, tots els Ratonell s'imaginaren el retrat: un ratolí d'orelles punxegudes, pales del davant triangulars ben separades l'una de l'altra i una capa negra amb el coll emmidonat. Formatgístic!

–I ara! No sigueu gats! Aquests oficis estan passats de moda. Avui en dia ningú no té por de vampirs i pirates. L'Antolí s'hauria de fer inspector d'Hisenda, com va fer l'avi Anton. Fixeu-vos que bé que sona: Antolí el Terrible, inspector de finances de l'Estat. Ah! I també hauria de deixar-se estar de pintures i fer-se fer una bona foto en colors! –apuntà la tia Caseria que darrerament s'havia tornat molt moderna.

L'avi Anton s'enrojolà d'emoció fins a la punta de la coa. Un nét que fos inspector d'Hisenda, com ell. Els bigots se li corbaren cap amunt dibuixant un enorme somriure de felicitat. I, a més, una foto en colors! Camembert!

Els bigots de l'Antolí, en canvi, s'arrossegaven per terra. Cada cop estava més espantat. Tenia fred, calor, mal de cap, mal de panxa, mal d'orella, mal de bigot i moltes ganes de vomitar l'única molleta de pa amb fondue que havia aconseguit empassar-se en tot el sopar.

Què s'havien pensat, els seus parents? Podia saber-se? Antolí Ratonell el Terror de tots els Mars? Antolí el Terrible, inspector de finances? Què més hauria volgut ell, però se l'havien mirat bé? Si semblava que jugaven als disbarats!

Ell era ell, el de sempre: l'Antolí! Un ratolí gris i rabassut, més aviat tap de bassa, de posat temoric i ulls somiadors. Un ratolí suau i pelut que estrenava les dues dents del davant. Unes pales blanques i brillants que haurien estat prou bé si no fos perquè, en el seu cas, petaven de por.

Pirata? Vampir? Inspector d'Hisenda? Però si ell era més tou que un formatget en porcions. Si només de sentir aquells mots es moria de temor. Mai no seria capaç de cap heroïcitat. Mai. La paraula valentia, com s'escrivia? Amb b alta? Amb v baixa? No en tenia ni idea.

Mirà un per un els parents que discutien a crits el seu futur i una veueta li digué que ell, allà, hi sobrava. No tenia ni idea de quin ofici li podia escaure, però sí que sabia d'allò més bé –entre altres raons perquè tots els Ratonell li ho havien repetit milions de vegades– que era un poruc, un cagabandúrries que mai no afegiria un pèl d'honor i orgull a la ferotge nissaga dels Ratonell.

Pobre Antolí.

Dues llàgrimes grosses com dos formatges de bola van saltar-li dels ulls i van començar a rodolar-li galtes avall. I llavors, ans que no el sorprenguessen plorant, va decidir fugir.

Això! Fugiria, fugiria molt lluny.

Ell, que mai no havia tret un bigot fora del celler, sortiria disparat de la capsa de detergent de la tia Caseria i se n'aniria directe a...

Gats i gates!

On se'n podia anar?

Sí que l'havia feta bona.

Llavors, de sobte, va tenir una idea. Ja estava! Se n'aniria directe a l'altra punta de món, que ni sospitava per on parava, però que, d'entrada, sonava llunyíssim.

2
L'altra punta de món

L'ANTOLÍ sortí corrents de la capsa de detergent. Travessà el celler de punta a punta i, eixugant-se les llagrimotes que encara li penjaven dels bigots, pujà les escales i s'esmunyí per sota la porta cap al rebedor de la casa de la família Prades.

Ai, regats! El terra del rebedor va ser el primer esdeveniment del seu viatge. No era de ciment com el del celler, no. Estava cobert per unes manises fines i lluents i l'Antolí, que no estava acostumat a tanta finor, va sentir com li relliscaven les potes. Que divertit!

Llàstima! Si no hagués tingut tanta pressa per arribar a l'altra punta de món, de segur que s'hauria quedat una bona estona fent patinatge artístic. Però no. No s'ho podia permetre. S'havia d'afanyar. Féu l'última patinada i, ràpidament, s'esmunyí per sota d'una segona porta i sortí al jardí.

Al jardí hi feia fred, molt de fred, més que al celler. Però, per sort, al cel no es veia cap núvol i la lluna –gairebé plena– omplia la nit de fils de plata i jugava a tula-portes entre les branques dels pins.

Ah! La lluna. L'Antolí sempre l'havia vista per la reixa del respirador del celler i semblava una zebra rodona de ratlles d'ombra i de llum. Des del jardí, en canvi, que formatgística!

I llavors sí que l'altra punta de món va haver de prendre una mica de paciència i esperar-se, perquè aquella lluna tan màgica es mereixia un petit homenatge. L'Antolí féu coveta entre les agulles seques dels pins i s'hi arrupí a dintre. Allà, acotxat, ja no feia tant de fred.

La lluna!

Gairebé era plena.

Quant li devia faltar per ser rodona del tot? Potser una nit? Potser un parell? No, una i prou: l'endemà.

Una vegada, l'Antolí, abans que li sortissen les pales del davant, s'adormí al costat del respirador, mirant-la, i tingué un somni molt estrany.

Somià una princesa alta i prima, creguda i dolenta, que odiava els ratolins i volia foragitar-los a tots del seu regne. Va omplir cases, carrers i castells de trampes esgarrifoses. Va contractar fumigadors. Recompensava els gats caçadors amb monedes d'or i plata... Els pobres ratolins vivien espantats, sense saber on amagar-se, però un dia va arribar una ratolina nova molt valenta. Bé, de fet, no era cap ratolina, era una fada disfressada que havia acudit en secret als precs dels ratolins.

La fada, en comprovar en la seua pròpia pell les malifetes d'aquella princesa, es va enfadar moltíssim i la castigà a compensar eternament els ratolins pel mal que els havia fet.

Des d'aquell moment, la princesa fou presonera del firmament i havia de canviar la tonalitat de la seua pell i dels seus llargs cabells segons canviava el color del cel.

De dia, era una princesa blava que pasturava ramats de núvols blancs. De nit, una princesa de foscors obligada a recollir els núvols i a munyir-los. Amb la llet dels núvols, nit rere nit, feia un immens formatge fresc, blanc i rodó: la lluna plena.

Les nits de lluna plena, tots els ratolins del món podien provar sort i mirar d'encertar quantes estrelles suraven pel cel. Si un d'ells aconseguia esbrinar-ne la xifra exacta, la princesa baixava a buscar-lo, el cuidava a cos de rei i li oferia cada nit un tall de lluna per sopar. Fins que aquella enorme lluna de formatge de núvols s'acabava. Llavors, la princesa tornava l'afortunat ratolí al seu cau i començava de nou el seu cicle infinit.

Les estrelles eren les engrunes que, sense voler, deixaven caure pel cel els ratolins, en tots aquells segles de menjar llunes.

–Ai, qui pogués encertar quantes n'hi ha, d'estrelles –sospirà l'Antolí.

Quantes n'hi devia haver? Mil milions? Mil milions una? Mil milions dues? Vés a saber. Més valia que ho deixés córrer. Total, encara no era lluna plena i ell s'havia d'espavilar a continuar el seu viatge, que ja feia molta estona que estava aturat.

Sortí de la coveta. S'espolsà les agulles de pi i caminà sense encantar-se fins a la tanca del jardí. Pujà i baixà per la portalada de fusta i llavors parà un instant. Al costat de la porta hi havia una bústia verda amb una tarja i tres noms al damunt:

Lluís Prades i Solivella
Laia Queralt i Margalef
Minerva Prades i Balcells

Curiós. Devien ser els amos de la casa, però no recordava haver-los vist. Allà estava, mirant la bústia tot embadalit, quan de cop cregué que en lloc d'arribar a l'altra punta de món com volia, on havia arribat era a la fi del món.

Un cotxe s'atansava, tot fars, negant de llum el carrer. I –horror!– tres gatots negres, enormes i plens d'urpes que regiraven aplicadament un contenidor de la brossa, alçaren alhora el cap i miolaren:

–Visca! Ratolí a la vista! Ja tenim aperitiu!

Rebigots! L'Antolí sentí que el món es fonia davall les seues potes. Tornà a enfilar-se porta amunt, la baixà d'un bot i corregué cap a la casa amb totes les seues forces. Els gats li fregaven la coa. Corre, Antolí, corre, o ja t'ho pots traure del cap per sempre més, això de comptar estrelles!

I va córrer. Va córrer com un llamp i passà esperitat per sota de la porta just quan els gats ja el tenien a l'abast de les urpes.

Uf! Sense alè i tot ell tremolant, decidí que ja n'havia tingut prou i massa. En aquell precís instant, establí que, ves, tampoc no calia complicar-se tant l'existència. Respirà fondo i atorgà a la casa l'ostentós títol de l'altra punta de món.

Així, doncs, havia arribat al seu destí.

3
Quina xiqueta!

L'ANTOLÍ dedicà la primera mitja hora que passà a l'altra punta de món, a donar un tomb d'inspecció. Ans que res, havia de trobar un cau per viure-hi i no semblava comesa fàcil. No. Els arquitectes mai no es recordaven dels pobres ratolins. Ves què els costaria de deixar uns pocs forats discrets pels racons. Però no, no hi havia manera.

Voltà per la casa amunt i avall, remenant pertot arreu, i, quan ja temia que no en trobaria cap, allà hi havia la seua llar! De ferro, pintada de color taronja, forta, alegre i resistent. El forat dels seus somnis, rodó i amb vuit finestrons. Bonic com un camembert! Entusiasmat, l'Antolí s'instal·là a la vora de la cuina, al rebost, a sota d'una bombona de butà!

En aquell moment, per la cuina no hi circulava ningú. Els amos de la bombona i de la casa devien estar sopant al menjador perquè se sentien veus i soroll de culleres fregant els culs dels plats.

Perfecte. L'Antolí disposava d'una estona per improvisar un rebost d'emergència. Arrossegà una galeta a mig acabar que algú havia llençat a terra al costat del poal de la brossa, i també va trobar dues molles grosses de pa sucat amb xocolata desfeta. Hi féu una mossegada. Mmm! Boníssimes!

L'havia encertada, amb aquella altra punta de món.

Mentre es llepava la xocolata que li havia quedat enganxada al bigot, sentí una veu cridanera i arrogant, amb un accent una mica estrany, mig papissot, que declarà:

–Aquesta sopa és una porqueria i no me la penso menjar.

I, de seguida, una veu d'home, dolça i suau, que mirava d'arreglar-ho:

–Però si no l'has tastada. I ara, Minerva. Posa-t'hi uns trossets de pa torrat, veuràs com t'agrada.

La Minerva, una xiqueta de vuit anys, llargueruda i prima, ulls castanys, cabells negres agafats en dues trenes, i sense dents del davant –les de llet li havien caigut feia un parell de dies i les noves encara no es decidien a sortir-li, per això parlava d'aquella manera, com papissota–, tornà a cridar:

–He dit que és una porqueria i ho torno a dir. O em doneu una altra cosa o no sopo. Vosaltres mateixos.

I mirà el seu pare amb cara de prunes agres. D'ençà que la Laia, la nova dona del pare, vivia a la casa, la Minerva tot ho trobava malament. Tot, tot, tot.

La mare de la Minerva havia mort feia tres anys en un accident de cotxe. Fou molt trist. El primer any i mig, la xiqueta i el pare no feren altra cosa que sobreviure d'alguna manera i plorar pels racons. La Minerva plorava tothora, a llàgrima viva, i el Lluís, el seu pare, en veure la nena –igualeta que la mare–, també plorava desconsoladament, però sempre d'amagat.

Les iaies i iaios es parlaren i establiren torns per donar-los un cop de mà. Els amics i veïns procuraren fer-los companyia sovint per evitar que se sentissen tan sols. I el Lluís i la Minerva s'esforçaven a aprendre a ser dos en lloc de tres.

Més endavant, les àvies es retiraren i els amics canviaren de tàctica. Els que tenien xiquets s'emportaven la Minerva a tot arreu: parcs d'atraccions, zoològics, circs, a la platja, a la neu... i, mentrestant, els que no tenien xiquets aprofitaven per fer sortir el pare de la Minerva a tots els concerts, les exposicions, les festes, els sopars i els locals de moda que eren capaços de trobar.

De resultes d'aquell complot, la Minerva

tornava a riure quan arribava a casa i explicava al pare les aventures del cap de setmana, i el pare podia sentir-la durant hores i hores seguides, sense haver d'anar al lavabo a cada punt, com abans perquè –segons ell– no feien més que entrar-li brosses als ulls.

Les coses rutllaven prou bé, fins que el pare, en una d'aquelles festes, conegué una dona rossa, no gaire alta i una mica pleneta –la Laia–, que feia d'administrativa a l'oficina de correus. Primerament es feren amics. Després es feren més que amics i començà a portar-la sovint per casa, a dinar, a sopar, feren alguna excursió plegats...

Al començament, la Minerva no es manifestà ni massa amistosa ni massa esquerpa amb ella, però això només fou al començament. Fins que el pare li explicà que s'havia enamorat de la Laia, que mai no oblidarien la mare, és clar, però que la Laia vindria a viure amb ells i llavors sí, llavors sí que fou sonada.

S'enfadà de mala manera. Cridà, plorà, va pegar puntades de peu als mobles, va rebatre les portes i, en veure que el pare, tot i el seu rebuig, continuava capficat a portar la seua Laia a casa i que no hi havia forma de fer-lo canviar de parer, decidí que ja s'encarregaria ella de complicar l'existència a aquella Laia dels dimonis perquè se n'anés com més aviat millor.

Ella ja estava bé com estava, amb el pare tot per a ella. No li calia cap Laia per a res. Tant de bo hagués pogut enganxar-li un segell al front i enviar-la, urgent i sense remitent, cap a l'altra punta de món.

Si us hi fixeu, darrerament, l'altra punta de món no feia més que guanyar adeptes.

Bé. El pare no s'atreví a renyar-la perquè no havia volgut menjar-se la sopa. Només feia un mes i mig que la Laia vivia amb ells. Potser encara era poc temps. El psicòleg els havia recomanat ser pacients i comprensius amb les sortides de la nena. Però, és clar, el psicòleg no vivia amb ells i no havia d'aguantar el mal geni de la xiqueta. De segur que, si hi hagués viscut, hauria donat uns altres consells. La Minerva podia arribar a ser insuportable.

Per sort, la Laia era dolça i tranquil·la, i per alguna estranya raó, s'estimava molt aquella nena que només li clavava mocs. Potser li feia pena. Potser li recordava una altra Laia, una de menuda que també es quedà sense mare i l'enyorà per sempre.

S'aixecà sense enfadar-se, amb el plat de sopa a les mans, i anà cap a la cuina a fer-li una altra cosa. L'Antolí sentí els toc-toc-toc dels talons de les sabates de la Laia i s'amagà corrents sota la bombona. De poc que no l'enxampa al bell mig de la cuina. La Laia es parà en sec, com si hagués sentit algun soroll estrany, però ho deixà estar de seguida. L'Antolí, amagat en el seu cau, no s'atrevia ni a respirar.

Apa, a veure què podia amanir per a la Minerva. Obrí la nevera, agafà un ou i l'ampolla de la llet i es posà a fer una truita.

L'Antolí, ja més relaxat, sentí com la forquilla es barallava sorollosa amb l'ou i el vidre del plat, com l'oli es posava roent a la paella i, després, sentí com l'oloreta de truita s'embotia sense permís per tots els racons de la cuina.

«Mmm!», pensà. «Truita, que bona que deu ser! Tant de bo en sobre una miqueta per a mi!»

La Laia sortí de la cuina.

–Té, Minerva, truita a la francesa.

I deixà el plat amb la truita fumejant, al davant de la nena. La Minerva no li va donar ni les gràcies. Tallà la truita de mala gana amb la forquilla i es tornà a queixar:

–Ecs! Està bavosa! Quin fàstic! No penso menjar-me aquesta... –es mirà la truita cercant una manera d'anomenar-la més adient– aquesta mena d'ou sucós plegat.

Apartà el plat cap al centre de la taula amb molta cerimònia i es quedà mirant les estovalles amb uns morros de pam.

El Lluís i la Laia es miraren per sobre

del cap de la nena amb cara de circumstàncies i la Laia encara féu gest d'aixecar-se a tornar a passar la truita per la paella, però el pare l'agafà per la mà i féu que no amb el cap.

Tots tres acabaren de sopar en silenci. La Minerva no va aixecar la mirada de les estovalles ni un sol cop. I quan s'alçaren a desparar taula, la xiqueta segué al sofà i es posà a veure la tele, tota sola.

El Lluís i la Laia escuraren junts sense trobar de què parlar i, quan ell sortí a traure la bossa de la brossa, l'Antolí sentí el plif que féu la primera llàgrima de la Laia, en caure dins la pica, a l'aigua d'esbandir.

Per què aquella xiqueta havia de posar-li les coses tan difícils? Ella ja no ho sabia fer millor.

Mirà un moment el calendari que hi havia penjat en una de les parets de la cuina. Feia un mes i mig que vivia en aquella casa i de vegades començava a sospitar que no se'n sortiria, que la Minerva no l'acceptaria mai.

Va intentar no posar-se massa pessimista i fer un somriure, però no ho aconseguí.

Per animar-se, mirà uns instants per la finestra. El jardí feia goig sota la llum de la lluna. El calendari anunciava lluna plena per l'endemà. Eixugà una segona llàgrima, just a temps que el Lluís no l'enxampés plorant a l'entrar.

Potser era això, la lluna que els alterava a tots, es digué. Les coses s'arreglarien, segur. I somrigué. Un somrís tímid i una mica apagat, però un somrís.

En arribar a la cuina, el Lluís també tenia els ulls rojos, però, segons explicà, havia estat el vent, que li havia fet entrar una brossa.

Anaren a la sala donant-se les mans i així que entraren, la Minerva tancà la tele amb el comandament a distància, s'alçà del sofà i sortí cap a la seua habitació donant un cop de porta.

4
Ostres, tu, un ratolí!

EREN GAIREBÉ LES DOTZE. Mitjanit. La casa a fosques, tots dormint, i la Minerva encara estava desperta, donant voltes pel llit. Havia provat de comptar ovelles, de jugar amb un videojoc, d'escoltar música amb el *walkman*, però res no aconseguia fer-li passar aquella gana tan grossa. Amb el seu mal geni habitual no havia volgut menjar res per sopar i ara la panxa li reclamava tec i els budells semblaven una orquestra simfònica a mig interpretar un *allegro molto vivace*: Grrrr! Grrrr! Grrrr!

A la fi, decidí baixar a la cuina d'amagat i preparar-se alguna cosa. Al rebost hi havia galetes, magdalenes, pastissets, xocolata... Només de pensar-hi, la boca se li omplí de rius de saliva. Galetes! Agafaria llet de la nevera i es faria sopics!

Va posar-se la bata sobre el pijama, les sabatilles i, amb molt de compte de no fer soroll –de cap manera no volia despertar el pare ni la Laia–, se n'anà cap a la cuina.

A la cuina, també hi havia algú que no aconseguia dormir. Algú que també prenia decisions arriscades a mitjanit. Sabeu qui? Prou fàcil d'endevinar: l'Antolí.

Continuava sota la bombona de butà, rumia que rumiaràs, pensant quin ofici podia triar per fer-se el maleït retrat dels Ratonell que li havia demanat l'avi Anton, i tornar al celler amb les orelles ben altes.

A veure, de què podia treballar ell que fes por de debò? De lladre? De bruixot? De monstre? De dimoni banyut? Només de pensar en aquells oficis tan esgarrifosos es va posar a tremolar com un boig. Semblava un ratolí reciclat amb batedora elèctrica.

La Minerva s'aturà. Què era aquell brrrrr que se sentia pel rebost? S'havien deixat algun aparell engegat a la cuina? No. Res no funcionava. D'on sortia, doncs, aquell brrrrr? Va parar l'orella atentament i escoltà una mica més.

Sortia de la bombona! Sí, però, des de quan les bombones de butà feien brrrrrr?

La Minerva era una xiqueta molt valenta, així que s'atansà a la bombona, l'agafà ben fort per les anses i la féu rodolar cap a la dreta.

Ostres! Aquella sí que era bona de veritat! Un ratolí! Que guapet, amb aquelles orelles i aquella coa tan llarga. La Minerva s'ajupí somrient i l'agafà amb molta cura.

A l'Antolí li hauria encantat que, en veure'l, la Minerva hagués cridat, que s'hagués espantat, que hagués demanat auxili, fins i tot que s'hagués desmaiat.

De segur que, si en lloc de trobar-se'l a ell, s'arriba a topar amb qualsevol dels altres Ratonell, li hauria agafat un esglai de mort. Però res. L'Antolí no espantava a ningú. Ni a una nena desdentada de vuit anys. Quin desastre!

–Pobre! Deus estar mort de fred i per això tremoles d'aquesta manera. No et preocupes que ara agafo unes galetes i ens en anem tots dos a la meua habitació. Allà

s'està calent. Ja veuràs que bé que ens ho passem. Seràs el meu ratolí. Et faré un llit dins una capsa de sabates i et portaré aigua i menjar i...

I la Minerva, amb les butxaques plenes de galetes, el cap ple de jocs secrets i l'Antolí entre les mans, se n'anà entusiasmada cap a l'habitació.

L'ENDEMÀ, un sol trapella aconseguí escolar-se pels forats de la persiana, travessà el vidre dels finestrals i rellisca per l'habitació, dibuixant un tobogan de llum directe al nas de la Minerva.

–Desperta't! –semblava dir el sol i, rialler, li féu pessigolles al nas fins a fer-la esternudar.

–Atxís!

Ah! Quina son! La Minerva no tenia cap gana de despertar-se. Es girà cap a la paret. El sol, però, no estava disposat a perdre la partida tan aviat. A veure, què podia fer? Ja ho tenia! Rebotà al vidre d'una de les fotos que hi havia al damunt de les lleixes de la paret i tornà a aterrar al nas de la nena. S'ho estava passant bomba.

–Desperta't, Minerva!

–Brrrr! –es queixà la xiqueta i es tornà a girar, però ja no estava tan adormida com abans. Féu un badall enorme i, de cop, recordà les aventures de la nit anterior: la gana que tenia, les galetes, la xocolata...

Ostres! I el ratolí que havia trobat sota la bombona! El seu ratolí!

S'aixecà d'un bot i, descalça i en pijama, anà corrents cap a la capsa de sabates on l'havia posat a veure què feia l'Antolí.

L'Antolí no feia res d'especial. S'havia despertat i rosegava un bocí de galeta. La nena li dedicà un somrís ben gros i... Ep, què era allò que notava amb la punta de la llengua? Es va resseguir les genives amb molta atenció. Que bé! Una de les dues dents del davant –a la fi– estava a punt de sortir-li. Ja era hora! Que començava a estar tipa d'haver de parlar d'aquella manera tan rara. De tota la classe, només quedava ella per canviar les dents.

Es posà uns texans vells i un jersei blau i mirà el despertador. Tres quarts d'onze! Sort que era dissabte i no havia d'anar a escola. Es posà el ratolí a una de les butxaques dels pantalons i, sense traure la mà de la butxaca, se n'anà cap a la cuina. Ja es rentaria i es pentinaria després.

Que bé!, pensava pel passadís mentre acariciava l'Antolí dins de la butxaca. Un ratolí per a ella sola! Mai no li havien deixat tenir ni gos, ni gat –amb tants que en voltaven sense amo pel carrer i entraven al jardí de vegades–, ni peixos, ni tortuga, ni res, però ara ja tant li era. En compensació, tenia un ratolí. El món era súper!

En arribar a la cuina, però, el món deixà de ser súper de cop. La Laia també hi era.

–Bon dia, Minerva. Has dormit bé?

La nena no li contestà i anà directa al rebost a buscar més galetes. La Laia ho tornà a intentar.

–Vols que t'escalfe una mica de llet?

L'alegria de la Minerva va acabar de desaparèixer.

–No. No vull cap mica de llet –li contestà de molt mala gana–. Però vols saber què vull? Què vull de veritat? Doncs deixa'm que t'ho diga. Vull que marxes d'una vegada d'aquesta casa i que ens deixes tranquils!

La Laia es quedà amb un pam de boca. Sort que estaven al mes de novembre i no hi havia mosques. Per un moment es va quedar sense saber què dir, però després esclatà. Ella no era cap drap brut, perquè la tractessen sempre tan malament i ja n'estava farta. Mirant-la fixament als ulls li respongué:

–Doncs, saps què vull jo? Que deixes de comportar-te com una bestiola malcriada i poca-solta i que, per una vegada, penses una mica en els altres i no només en tu!

A la Minerva se li encengué una tomata a cada galta. Feia tant de temps que no la renyava ningú que no se'n sabia avenir. I encara menys que hagués estat la Laia. Només li faltava aquesta, la Laia dels trons dient-li com s'havia de comportar. Agafà aire i serrà fort les barres. Els ulls li espurnejaven. Obrí la boca, sentint com, tot just en aquell moment, una de les dents del davant li trencava la geniva i, engrapant fort el ratolí dins de la butxaca per agafar empenta, bramà:

–Doncs saps què et dic, Laia? Que per no haver d'estar amb tu, tant de bo ho fos, una bestiola i...!

I la Laia no volgué sentir res més. La deixà allà amb els crits a la boca i marxà corrents cap al jardí. Necessitava estar sola i calmar-se una mica. Que curta que

havia estat! Com havia pogut perdre els nervis d'aquella manera! La nena es portava molt malament, però això no era nou, ho sabia des d'un primer moment. Posant-se a la seva altura no arreglaria res. L'únic que podia aconseguir era agreujar la situació. Quin fracàs. El cap de setmana no podia haver començat pitjor. La Laia, tota trista, es deixà caure al damunt de les escales del porxo.

Un dels gats del carrer la va veure allà asseguda, féu un bot des de dalt de la tanca i se li atansà. De vegades, la mestressa d'aquella casa els donava espines de peix i deixalles, així que els mixos la coneixien i se l'estimaven bé. El gat s'arrambà falaguer a les cames de la Laia.

«Que curiós!», pensà el gat. «Juraria que se sent olor de ratolí fresc.»

I es deixà acariciar per la Laia, mentre ensumava vigilant cap a la porta de la cuina.

«I tant que sí! Ratolí de la millor qualitat!»

Ell només era un gat de carrer i mai no havia aconseguit entrar dins d'aquella casa tan acollidora, però el jardí se'l tenia voltat i ben voltat i aquella delicada aroma de ratolí, mai de la vida no l'havia sentida abans. S'hi jugava el bigot.

Va tornar a ensumar amb deler. Paraula de gat que s'embotia dins d'aquella cuina a fer indagacions. I per dissimular davant de la mestressa, roncà una mica al seu costat.

La Laia va començar a sentir-se millor. Acaricià el cap del mixo distretament i reaccionà. D'acord, havia ficat la pota, però no era només culpa seva. Aquella xiqueta era de crosta de cóc. Deixà estar el gat i s'aixecà. Més valia anar cap dins a veure quina una en portava de cap, la Minerva. Que feia estona que no se la sentia.

I la Minerva...

Déu meu!

La Minerva!

5
Ostres, tu, dos ratolins!

LA MINERVA no havia pogut acabar la seua frase perquè, de cop, s'havia fet menuda, menuda. Li havien sortit orelles de ratolí, coa de ratolí, cara de ratolí, cos de ratolí... i s'havia transformat en una ratolina grisa, prima i coallarga, vestida amb jersei blau i texans, i només una ratlleta de pala al davant, acabada de sortir.

L'Antolí se la mirà al·lucinat.

–Rebigots de gat pelut! Ets tu, Minerva? –preguntà així que recuperà la parla.

–Què, què, què m'ha passat? –quequejà la Minerva espantadíssima.

–Que t'has convertit en una ratolina –li

contestà l'Antolí amb uns ulls com uns formatges de bola.

–Però això no pot ser –cridà la Minerva, estirant-se els bigots. Ai, mare meua! Si tenia bigots!– És impossible! Cap nena va i es converteix en ratolí així perquè sí! –Es girà i es veié la coa. Ai ai ai!

Estava morta de por, però havia d'assegurar-se'n bé. Va sortir disparada cap a l'habitació del pare. A la porta de l'armari hi havia un espill de cos sencer, allà comprovaria què li havia passat.

L'Antolí la seguí. De seguida van arribar a la porta de l'armari. La Minerva no havia corregut tan de pressa en tota la seua vida.

Regats! Dins l'espill hi havia dos ratolins sense alè que miraven bocabadats els dos ratolins idèntics a ells que esbufegaven fora.

–Ahhhhh! –cridà la Minerva i caigué a terra sense sentit.

L'Antolí s'agenollà al seu costat i començà a donar-li estirades de bigot, a veu-

re si la refeia. Ves, també era mala sort, pensà. La Minerva era capaç de desmaiar-se en veure's a ella mateixa de ratolina i, en canvi, veure'l a ell –tot un Ratonell!– la nit abans sota la bombona de butà, només li havia fet venir ganes de riure. Veritablement al món no hi havia justícia.

Apa! Sort que diríeu que començava a espavilar-se una mica. De totes maneres, l'Antolí la disculpà. Si, de cop i volta, ell s'arriba a veure convertit en un xiquet, també s'hauria mort de l'ensurt. Quina ocurrència més gatesca! Només de pensar-hi, tot ell s'esgarrifà.

«Val més que no em torne a imaginar un disbarat com aquest en ma vida», es digué i estirà els bigots a la Minerva una altra vegada.

–Desperta't! Desperta't d'una vegada!

A la fi, la ratolina obrí els ulls. Els ulls i, tot seguit –no cal dir-ho!–, la boca:

–Però què vol dir tot això, eh? Ja m'estàs dient per què m'has hagut de convertir en ratolí! Ara mateix! –cridà enfadadíssima al pobre Antolí.

–Què?! –exclamà l'Antolí totalment descol·locat. Ves quines maneres d'agrair-li la molèstia d'haver-la reanimat. Rebigots! Ja s'ho pensava, que no li anava a regalar cap roquefort, però de no regalar-li res a emprendre'l a crits, hi havia una bona diferència. Allò era excessiu.

–Escolta, gata escaldada!, jo no t'he de dir res. Ni ara mateix, ni després, ni mai, si no em parles amb més bones maneres. A veure què t'has pensat? Que el teu pare i la Laia et consenten ser insuportable no vol dir que jo també m'avinga al joc, saps? I, per si encara vols saber una altra cosa, jo no t'he convertit en res! Caldria ser molt més gat del que jo sóc per convertir en ratolina una xiqueta tan odiosa com tu i haver-la d'aguantar després.

L'Antolí no es reconeixia, parlant amb aquella ràbia i aquella autoritat. Mai no havia esbroncat ningú abans d'aquell dia, però ara anava llançat.

–No saps veure-hi més enllà dels teus bigots. El teu pare està trist per culpa teua. La Laia plora cada nit perquè t'estima i tu només servixes per fer-li la vida impossible. No ets l'única que s'ho passa malament. Fins i tot jo tinc els meus mals de coa, saps? Què t'has pensat! Aquí on em veus, malgrat no haver atemorit mai ningú, sóc un Ratonell i ja tinc les dues pales del davant, així que no podré tornar amb la meua família fins que no haja trobat un ofici digne dels Ratonell. Un ofici espaordidor que espante tothom. I, per acabar-ho d'adobar, cas que mai arribés a trobar el maleït ofici dels gats, també m'he de fer un retrat enmig de la faena perquè en quede constància. No és gens fàcil, saps? I tanmateix, si no ho aconseguixo, mai no podré tornar amb els meus. Ningú no em voldrà i m'hauré de passar la resta de la vida tot sol. Així que ja ho veus, no ets l'única que té dificultats!

L'Antolí, indignat, continuava renyant la Minerva.

–Urpes de gat! Tu has estat qui, no sé com, s'ha tornat ratolina. Tu tota sola, Minerva mixineta, coa de gateta! Has estat tu qui ha dit a crits a la pobra Laia que tant de bo fosses una bestiola per no haver d'estar mai més amb ella. Doncs, aquí t'ho tens: ja ets una bestiola. Ets la ratolina més insofrible que conec!

I molt digne, l'Antolí donà per acabat el seu parlament i li girà la coa.

La Minerva es quedà amb un pam de bigot, però de seguida s'adonà que havia ficat la pota de mig a mig. Era una ratolina, una ratolina, no una xiqueta, i l'únic ésser viu que podia donar-li un cop de coa en aquells moments era aquell ratolí gris i menut que li havia girat l'esquena, així que més li valia mirar de fer-s'hi amiga.

Però com, després d'haver estat tan insolent? Què podia tenir ella que el fes canviar de parer? I de cop se li va acudir una idea. Una idea molt bona:

–Ep! No te'n vages! Espera'm! T'he de

dir una cosa. Una cosa important! –cridà. I sortí corrents al seu darrere.– Jo puc ajudar-te a trobar un ofici.

–Sí? –preguntà l'Antolí escèptic–. I per què hauries de voler ajudar-me en res?

La Minerva s'aturà al seu davant, amb les orelles cotes i els ulls molt brillants:

–Si us plau, deixa'm que t'ajude. Deixa'm estar amb tu –li pregà–. No tinc ni idea de com ho he de fer per tornar a ser una xiqueta, però em moro de por només de pensar que haja de ser un ratolí per sempre més. Deixa'm quedar-me amb tu, si us plau. Tinc molta temor de quedar-me tota sola.

L'Antolí s'ho rumià una mica. Com a xiqueta, la Minerva era pitjor que un mal de bigots a perpetuïtat. Però, ves, com a ratolina semblava diferent. Es veia que s'esforçava a ser amable. A més, estava espantadíssima, això era ben cert. L'Antolí havia passat por tantes vegades que era un expert detectant temorics. Reconeixia els símptomes a la perfecció.

Tornà a mirar-se-la. Que curiós! La Minerva tremolava com un llençolet de formatge fos, d'aquells de fer sandvitxos, i veure-la tan desvalguda feia que ell se sentís fort. Fins i tot una mica valent. Massa: Antolí Ratonell, sentint-se valent! I una fiblada, mig de pena mig de simpatia per la Minerva, s'enclavà al bell mig del seu cor de ratolí poruc.

–Entesos! Farem un tracte. Tu m'ajudes en l'assumpte de trobar l'ofici i fer-me el retrat i, llavors, anirem plegats a portar la pintura al meu avi Anton i li explicarem tot el que t'ha passat. –I, en veure que la Minerva estava a punt de posar-se a plorar, afegí:– Va! No t'amoïnes! De segur que el iaio sabrà què hem de fer per tornar-te a convertir en xiqueta. L'avi Anton és, i de bon tros, el ratolí més savi del celler i potser del món.

–Gràcies –mormolà la Minerva, eixugant-se les llàgrimes–. No saps la temor que he passat només de pensar que tal vegada no voldries saber res de mi i llavors em quedaria sola i llavors... Jo, jo...

Tremolava de les orelles a la coa i l'Antolí, entendrit, l'abraçà ben fort i li féu un somrís:

–Au, Minerva! No plores més. Ara som amics.

–Sí, sí que ho som. –La nova ratolina reaccionà.– Per cert, com te dius?

–Antolí. Antolí Ratonell –es presentà l'Antolí, i li donà un copet de coa.

La Minerva el mirà amb ulls brillants:

–Apa! Afanyem-nos! Ràpid! Hem d'anar a la meua habitació!

L'Antolí rigué. Habitació?! Aquesta Minerva encara pensava com una xiqueta. Quan començaria a adonar-se que era un ratolí? Els ratolins no en tenen d'habitacions, tenen caus.

Regats, quanta paciència! Faena tindria, per espavilar aquella ratolina tan particular.

6
Embolica que fa fort

MENTRE els dos ratolins corrien pel passadís cap a l'habitació de la Minerva, la Laia no parava de buscar la xiqueta per tota la casa.

–On es deu haver posat, aquesta nena? Minerva!

No contestava ningú.

–Mineeeeerva!!!

Res.

Es va començar a preocupar.

I si s'havia enfadat tant que havia fugit de casa?

Només li faltava això. Justament aquell dissabte que el Lluís tenia guàrdia a l'hospital i no arribaria fins a les vuit del vespre. Tant de bo hagués estat ella de guàrdia a l'oficina de correus i no el Lluís.

Què feia? Li telefonava a la faena i li explicava el que havia passat o era millor que s'esperés, a veure si tornava?

Total, la Minerva ja tenia vuit anys. Potser havia anat a fer una volta o a jugar amb alguna amiga. Ja no era cap xiqueta menuda. Podia cuidar-se sola unes quantes hores.

Sí, però si havia anat a passejar o a jugar, com caram s'ho havia fet per sortir de casa? La Laia no s'havia bellugat de les escales del porxo. Si hagués sortit, l'hauria vista. A no ser, és clar, que no hagués sortit per la portalada i hagués botat la tanca del jardí per qualsevol lloc. Llavors sí que...

Ai, quins nervis!

De totes maneres, malgrat que cada cop estava més neguitosa, es prometé a ella mateixa no trucar al Lluís. Segurament la nena tornaria aviat, així que millor no espantar-lo sense motiu. Si es feia de nit i no en sabia res, llavors ja l'avisaria. Però, tant de bo que tornés de seguida. Tant de bo.

La Laia mirà el rellotge del menjador. Les dotze del migdia. La busca dels minuts estava a punt d'atrapar la de les hores. Tenia un munt d'hores llarguíssimes al seu davant. Més valia trobar alguna cosa per fer que no estar mirant el rellotge a cada minut. Es posà un davantal i començà a netejar la cuina a fons.

Era dissabte, veritat? Doncs, faria dissabte! A més, el Lluís de segur que se n'alegraria, de trobar la casa neta en tornar. Fet i fet gairebé sempre li tocava fer dissabte a ell.

I MENTRE la Laia s'arremangava i remenava draps i fregalls, els dos ratolins havien sortit de l'habitació del pare de la Minerva, havien travessat el passadís de puntetes i ja eren a l'habitació de la xiqueta.

–Al cap de poc de sortir amb el pare, la gata peluda de la Laia no va trobar res millor a fer que regalar-me un llibre.

L'Antolí somrigué. La Minerva començava a pensar com un ratolí. Claríssim. Havia qualificat la Laia de gata peluda i això només ho feien els ratolins quan estaven molt enfadats. Que divertit!

Aliena a les pensades del ratolí, la Minerva continuà amb les seues explicacions:

–Un llibre! Ja veus tu quina ocurrència. A mi que no m'agrada llegir ni els de classe! Vaig estar a punt de llençar-lo a la brossa, però bé, al darrer moment, no sé per què, no ho vaig fer. Sort! El vaig amagar entre el meu armari i la paret. Mira-te'l! És allà! –I assenyalà satisfeta el cantell d'un llibre que s'endevinava entaforat entre la paret i l'armari. Un llibre molt gran.– Tot el que hem de fer es traure'l d'aquí. Ens anirà súper bé. Ja veuràs. És un àlbum amb molts de dibuixos. Es diu *El gran llibre dels oficis*. De segur que n'hi trobem un per a tu.

I els dos ratolins agarraren fort el llibre i l'estiraren i l'estiraren amb totes les seues forces. Semblaven el caragol aquell que volia arrencar l'herba de poliol i no podia de cap de les maneres.

Rebigots, si que pesaven els llibres!

A la fi aconseguiren arrossegar-lo i traure'l de l'amagatall i llavors caigueren tots tres, ells i llibre, rodolant per terra.

–Pssst! –manà l'Antolí esverat–. Si ens senten estem perduts. Ens acaçaran a cops de granera i adéu llibre, adéu ofici, adéu retrat i adéu tot! Això si no acabem a la panxa d'un dels gatots negres que voltaven per fora l'altra nit! Hem de parar molt de compte, Minerva!

–Sí, sí –assentí la Minerva morta de por en sentir parlar dels gats. Ella s'havia fet molt petita. Un gat, al seu costat, semblaria un monstre d'urpes i dents.

Amb molta cura, obriren la tapa del llibre i començaren a passar fulls.

A BAIX, la Laia ja havia acabat de netejar a la cuina i havia passat al menjador. Treia la pols amb un plomall enorme i ruixava els mobles amb un líquid enlluentador d'aquells que anunciaven per la tele.

El rellotge anava degotant segons i minuts: les tres i vint, les tres i vint-i-u, les tres i vint-i-dos... Però la Laia estava tan preocupada que no tenia ni gana.

On podia haver-se ficat la Minerva? Continuava sense donar senyals de vida i ja havien passat gairebé quatre hores d'ençà que havia desaparegut. Devia tenir gana? Havia dinat?

Aquell telèfon antipàtic! Ves per què no sonava d'una vegada i algú li deia que no patís que havien invitat la xiqueta a dinar i a passar la tarda?

A FORA al jardí, un gat miolava la mar d'enfurismat amb la Laia. Amb tant de líquid enlluentador de mobles i tanta neteja pertot arreu, no hi havia manera d'ensumar el ratolí. Li havia perdut el rastre.

A veure qui regossos bordadors manava als humans passar-se mitja vida canviant la pols de lloc. Ves quin malbaratament més inútil de temps i d'energia. No vivíem al damunt d'un planeta polsós? Doncs, per què no es decidien d'una vegada a acceptar el fet i deixar la pols tranquil·la. Si per més que en traguessen sempre en tornaria a entrar. Amb tantes coses interessants que hi havia per fer! I després, aquests setters depilats d'humans, encara tenien la barra de queixar-se que no tenien temps per a res!

Molt contrariat, anava amunt i avall del jardí, donant voltes a la casa. Si almenys tingués una mica de sort, i per alguna de les finestres que havia obert la Laia per espolsar draps i plomalls, aconseguís olorar una altra vegada aquell deliciós perfum de ratolí.

Mmm! Es llepava els bigots només de pensar-hi.

DINS LA CASA, dalt al pis, la Minerva reconeixia que la Laia en sabia, de triar llibres. L'àlbum era molt interessant. Tant que, a estones, l'Antolí i la Minerva, fins i tot s'oblidaren dels seus mals de coa respectius i disfrutaren de valent amb els dibuixos i les explicacions que els acompanyaven.

Hi havia de tot: pagesos enmig de munts de cols i carxoferes; paletes bastint cases; una fustera amb un xerrac; un infermer posant-li una injecció a una xiqueta molt valenta que no plorava gens; un metge com el pare de la Minerva; un camió de bombers i bomberes; una escriptora rosegant la punta d'un llapis a veure si li venia la inspiració; astronautes a dins d'una nau espacial; pirates a la coberta d'un vaixell; una pila de marcians amorrats a l'ull de bou d'un ovni... Munts i munts d'oficis, però cap era el que necessitava l'Antolí. Cap.

FUSTERA

Fins que, de sobte, en passar la pàgina cent vint-i-tres, cridà entusiasmat:

–Aquest! Aquest! Vull ser aquest!

–Pssst! No crides! I, a més, no sigues gat! Tu mateix m'has dit que et calia un ofici espaordidor. Ja m'explicaràs què té d'espaordidor un...

7
Qui ho ha dit, que l'Antolí no sap el que vol?

L'ANTOLÍ no la va deixar acabar.

–Aquest és el meu i no se'n parle més. Fixa't, és l'ofici perfecte. De segur que ho faig bé i a més no m'hi hauré d'escarrassar gens ni mica. Si tothom es riu de mi així que em veu. Tu mateixa, ahir a la nit. Te'n recordes? Què vas fer quan em vas trobar sota la bombona? Riure! Riure i dir: «Oh! Que guapet! Quin ratolí més graciós!» I escolta que bé que sona: «Senyores i senyors. Ratolins i ratolines, amb tots vostès, tat-ta-rí, tat-ta-rí, Antolí el Rialles, el millor pallasso del món.»

I mentre ho deia va fer una ganyota, va

bellugar les dues orelles alhora i va fer una tombarella. La Minerva s'oblidà de tots els seus arguments en contra i aplaudí entusiasmada.

–Bravo! Que bé que et surt! Sí que en saps, de fer pallassades. Però, de debò que vols ser pallasso? Vols dir que els teus parents ho trobaran bé?

–Sí que vull fer de pallasso. I els meus parents... –regats d'angora, aquella era una altra qüestió– els meus parents, saps què et dic, que ja veure'm què passa després.

–D'acord. Seràs Antolí el Rialles, l'alegria del circ.

–Visca! –s'entusiasmà l'Antolí d'entrada, però de seguida es desunflà. Coa, bigots i orelles se li pansiren de cop.– Buf! Però no tinc cap vestit de pallasso i encara ens queda per resoldre l'assumpte del retrat.

–Això està fet. –La Minerva estava en plena forma.– Dins del bagul de les joguines tinc un nino disfressat de pallasso. El podem despullar i et poses el seu vestit.

T'anirà una mica gran, però tant li fa, als pallassos ja els queda bé anar una mica pengim-penjam. Després anem corrents a l'habitació del pare. Al segon calaix de la tauleta de nit hi guarda la Polaroid. Ho sé ben bé, tot i que ell es pensa que no sé on és i la té allà perquè no la hi toque. No t'imagines com s'ha tornat de gat el meu pare d'ençà que la Laia dels bigots és amb ell. Però ara deixem estar aquell parell. Agafarem la càmera, li enganxarem el flaix i jo mateixa et faré la foto. Quedaràs formatgístic, ja ho veuràs! En menys de dos minuts tindrem el retrat enllestit. Què me'n dius? Sóc una bona ajudanta, oi?

–La millor! –concedí l'Antolí. I tots dos agafaren carrereta i saltaren a dins del bagul dels joguets, que per sort estava obert.

El bagul estava ple de joguines de tota mena: peluixos, nines, pilotes, titelles, cotxets, obreta, un camió de bombers, una perruca de color verd, un parell de patins...

Van haver de remenar de valent ans no van trobar el nino disfressat de pallasso. Van traure-li la roba i l'Antolí se la posà a tota velocitat: uns pantalons de ratlles amples verdes i blaves, una samarreta llarguíssima groga, una jaqueta florejada, una corbatota que gairebé li arribava als peus i un barret guarnit amb un llaç. Estava de categoria.

–Que bé que et para! –s'exclamà la Minerva–. Sembles un pallasso de bona veritat.

–A veure, a veure –comentà l'Antolí tot emocionat, i corregué cap a l'espill de l'habitació del pare de la xiqueta–. Fiiiuuuu! Ja ho crec! Sóc Antolí el Rialles!

–Sí, ets Antolí el Rialles, però ara deixa de fer el presumit davant de l'espill i vine'm a ajudar.

–És clar que sí.

Entre tots dos obriren el calaix, que per sort anava molt fi, i tragueren la càmera.

–Posa't allà, damunt de la tauleta de nit,

i no et bellugues, eh! Que si no, la foto sortirà moguda i l'haurem de repetir –manà la Minerva, mentre connectava el flaix–. Molt bé! Estigues quiet i digues «Lluíííííís»!

L'Antolí digué «Lluíííííís» aplicadament mentre la Minerva disparava la càmera; però, en veure l'esclat del flaix, es tirà d'un bot sota del llit i va estar-se allà mig mort de por, fins que la Minerva no aconseguí convèncer-lo que no passava res. Quan a la fi va atrevir-se a tornar a traure el bigot, la seua foto ja estava a punt.

–Rebigots! Que guapo que he quedat!

–Què et pensaves? I ara hem d'anar a portar-la al teu iaio. –I amb veu preocupada afegí:– I a explicar-li tot això que m'ha passat, a veure si ho pot arreglar. Ai, Antolí, i si no es pot arreglar? Què faré?

–I per què no calles? No crides els gats abans que no arriben. De segur que el iaio Anton sap què cal fer. Més difícil veig arribar al celler sans i estalvis amb la Laia voltant per baix.

I els dos ratolins sortiren de l'habitació, recorregueren el passadís de punta a punta i arribaren a les escales. Amb compte de no fer malbé la foto, van saltar d'un a un tots els esglaons i van fer cap al rebedor.

Uf!

La Laia estava a la sala, parlant per telèfon amb el pare de la Minerva.

–...Sí, ha desaparegut fa més de sis hores. No ha vingut a dinar i tampoc no ha telefonat cap mare de cap amiga seua dient que l'havien invitada. No, no l'he vista sortir, però a casa no hi és. Seguríssima. Ho he regirat tot ni sé quantes vegades. Ja t'ho he dit: ha desaparegut. Estàvem les dues a la cuina, ens hem discutit, jo he sortit un moment a la terrassa, dec haver estat asseguda a un esglaó, no sé, dos o tres minuts, i quan he tornat a entrar a la cuina ja no hi era. Tinc tanta pena! No, encara no he trucat a ningú. No et volia espantar amb una falsa alarma, però ara gairebé és de nit i estic molt espantada. Què deu estar fent? Sí, vine. Vine així que pugues. Mentrestant, trucaré a casa de les seues amigues i a les iaies. Sí, i si ningú no en sap res trucaré als mossos d'esquadra. Sí, d'acord. Jo també t'estimo molt. Fins ara.

La Laia, però, no va poder trucar a ningú perquè va esclatar en plors i no aconseguia marcar cap número. En veure-la plorar d'aquella manera, la Minerva acotxà les orelles. Se'n donava molta molta vergonya i va estar a punt d'espatllar-ho tot, oblidant per un moment que era una ratolina i sortint disparada cap a la Laia, per consolar-la. Sort que l'Antolí la va enxampar per la coa quan ja corria cap a la sala.

–No! Minerva, atura't! No veus que ara ets un ratolí! L'únic que aconseguiràs serà espantar-la encara més. No podem parlar-li. Els humans i els ratolins no fem servir el mateix llenguatge. Nosaltres podem entendre'ls, però ells a nosaltres no. Val més que ens afanyem i baixem de seguida al celler. Tu i jo sols no podem arreglar res.

I la Minerva féu que sí amb el cap i el va ajudar a passar la fotografia plana per sota la porta. Després s'hi esmunyiren ells dos.

FORA AL JARDÍ, el gat que s'havia passat tota la tarda mig endormiscat al costat de la porta que donava a la cuina, es va despertar d'un bot: Ratolí!

Va ensumar en totes direccions. Ratolí? Qui deia ratolí? Ratolins! Dos ratolins de primera qualitat, tendríssims i boníssims! I l'oloreta tornava a venir de dins de la casa.

Sense fer soroll va començar a donar cops a la porta de la cuina. De vegades la tancaven malament i, a poc a poc, d'anar-la espentejant, s'obria. A veure, a veure: perfecte! L'havien ajustada i prou. Només era qüestió de paciència.

Entusiasmat, miolà de satisfacció i continuà amb els cops. Ja s'obrirà, ja. I, llavors: nyam! Un ratolí per a sopar i un altre per a les postres! El gat del jardí no podia estar més content.

8
Tant de bo!

MENTRESTANT, l'Antolí i la Minerva havien arribat al celler i arrossegaven la foto cap a la capsa de sabates on vivia l'avi Anton.

–Iaio! Iaio! Sóc jo, l'Antolí. Ja he triat ofici. Li porto la foto per a la galeria de retrats dels Ratonell.

Van arribar esbufegant per la correguda i van topar de bigots amb l'avi que sortia de la capsa a veure què era aquell escàndol.

–La foto, iaio, la foto –repetí l'Antolí posant-se la corbata al lloc, que amb les presses la duia penjant a l'esquena.

–Sí, sí. Tranquil. Asserena't. Ja la veig. Mmm! –I l'avi Anton aixecà la foto cap al respirador per aprofitar la llum de la lluna i veure-la millor.– Mmm! Així que pallasso?

–Ssssí –quequejà l'Antolí prou espantat. La veritat és que, davant de l'avi Anton, costava de ser valent.

–I no un pallasso qualsevol, sap? L'Antolí és un pallasso boníssim –comentà la Minerva per donar un cop de coa al seu amic–. L'hauria de veure fent tombarelles i bellugant les orelles. És el millor pallasso que he vist mai!

–Mmm! –va tornar a dir l'avi Anton, i els «mmm» de l'avi Anton se'ls clavaven a les orelles com un parell d'urpes de gat.– Bé! Està bé! D'acord. Si has de ser pallasso, doncs, pallasso. Si més no... –i mirà l'Antolí amb un somrís als bigots– sempre podem dir a la família que és un ofici original.

–Visca! –cridaren alhora els dos ratolinets. I, quan van parar d'abraçar-se i donar bots, l'Antolí afegí seriós:– Iaio Anton, perdone que no els haja presentat abans. Amb els nervis m'he despistat. Aquesta amiga meua és la Minerva i té un problema molt gros. Mire, resulta que...

Després d'escoltar atentament tota la història, el iaio Anton es quedà un moment pensatiu, allisant-se els bigots:

–Curiós! Curiós de veritat! Feia molt de temps que no sentia res de semblant, però, una vegada, ara fa molts anys, quan el pare de la Minerva devia tenir si fa o no fa l'edat que dieu que ara té la Minerva, va venir al celler un ratolí foraster, un tal... Com era? Com era aquell nom? Vaja! No me'n recordo. I això que el tinc a la punta del bigot. Ah, sí! Un tal Ratoncito Pérez que venia per a no sé què d'un regal per al pare de la Minerva que havia perdut la seua primera dent.

Doncs, bé, em recordo que el Ratoncito Pérez va comentar que les dues pales del davant dels xiquets humans podien arribar a ser màgiques, però que se'ls havia ben esborrat de la memòria.

La cosa anava més o menys així: Si un xiquet o una xiqueta formulava un desig mentre una pala nova li trencava la geniva –un desig que comencés per les paraules «tant de bo»–, i en pronunciar la darrera lletra fregava amb la llengua la dent acabada de sortir, el desig es feia realitat.

Fixeu-vos que sembla ben bé tot just allò que li ha passat a la Minerva aquest matí.

–Sí que és veritat, però i ara com ho arreglo? –preguntà la Minerva molt esglaiada.

–A veure, obre la boca ben oberta. Sí, estem de sort. Encara et queda l'altra pala

per sortir, però t'hauries d'afanyar moltíssim perquè està a punt a punt de trencar la geniva. Si et surt ans que no hages formulat el teu nou desig, hauràs perdut l'última oportunitat de tornar a ser una xiqueta com abans. Cal que tornes immediatament al lloc on has formulat el desig aquest matí.

–A la cuina.

–Sí, a la cuina. Procura posar-te al damunt de la mateixa rajola on eres aquest matí i, així que notes que et surt la dent, formules el desig contrari: «Tant de bo que em convertís en una xiqueta, tant de bo!», i et toques la punta de la dent amb la llengua. Això és tot, però t'has d'afanyar. T'has d'afanyar moltíssim.

–Gràcies, avi Anton –digué la Minerva.

–Gràcies, iaio.

–Ep! I tu on se suposa que vas, Antolí?

–Marxo amb ella. És molt perillós passejar per dalt, amb la Laia que no para de regirar-ho tot i una colla de gats enormes que volten pel jardí. Val més que l'acompanye.

–Rebigots! –mormolà l'avi Anton, i es quedà una estoneta a la porta de la capsa de sabates que li feia de casa, rumiant com podien canviar els ratolins en qüestió d'unes hores. Ves qui li ho havia de dir! El seu nét, fent de pallasso, i, a més a més, tan decidit, i tan valent.

Així que els dos ratolinets van marxar escales amunt, ell se n'anà a buscar els pares de l'Antolí per explicar-los les últimes novetats respecte al seu fill. Els pares, entusiasmats, ho van anar a contar a la tia Caseria. I, en dos minuts, tots els ratolins del celler s'admiraven del coratge de l'Antolí.

EN ARRIBAR AL REBEDOR, però, el coratge de l'Antolí s'esborrà. Horror dels horrors horribles! La porta del jardí que donava a la cuina estava mig oberta i un gatot enorme mirava cap endins amb molt d'interès.

–Ah! Un gat! Hi ha un gat! –mormolà la Minerva tremolant de cap a coa.

–Vés-hi igual. Has d'anar-hi, Minerva. Ja has sentit què ha dit el iaio Anton: tens la segona pala a punt de sortir. No pots perdre ni un segon.

–No puc. No tindré temps de formular el desig. El gat em descobrirà abans i se'm menjarà d'una queixalada. Has vist quines urpotes que té?

–Sí, sí que les he vistes, les urpes, però no patixques que no t'atraparà perquè jo el distrauré. Va, vés! Corre!

–No. Si mires de distraure'l, se't menjarà a tu!

–Jo ja m'espavilaré. Afanya't!

–No. No puc.

I, en veure que no s'atrevia, l'Antolí li féu una besada als bigots, tancà els ulls i li clavà una bona espenta que la féu relliscar fins al mig de la cuina. Llavors ell sortí disparat cap al gat:

–Eh! Mixo! Mixo! Mira, sóc un ratolí! Elis-elis, no m'atrapes!

I el gat, prou al·lucinat, tot s'ha de dir, de veure un ratolí tan buscabregues, féu un marrameu esgarrifós i saltà envers l'Antolí que mirà de fugir potes ajudeu-me. Però no hi fou del tot a temps i el gat va aconseguir donar-li una bona urpada a l'esquena. Pobre Antolí! Encara es va revifar i s'arrossegà cap al poal de les escombraries.

«Adéu, Minerva! Adéu!», va pensar, esperant que, d'un moment a l'altre, el gat el trobés i se'l cruspís. «Que tingues molta sort i pugues tornar aviat a ser una xiqueta!»

I el gat el descobrí i ja se li anava a tirar al damunt un altre cop, quan algú va arribar corrents i va cridar:

–Fuig! Fuig d'aquí, gatot! No el toques, el meu amic!

La Minerva! Era la Minerva que tornava a ser una xiqueta! S'acotxà corrents i recollí de terra el pobre Antolí que havia perdut el coneixement.

–Antolí! Antolí! Desperta't. –La Minerva plorava i li acariciava l'esqueneta.– Desperta't. Ho hem aconseguit. Mira'm, torno a ser jo. Antolí! Antolí! Fes-me cas! Si us plau!

I una llàgrima caigué rodolant de les galtes de la Minerva al damunt de l'Antolí, que obrí les parpelles un moment. Es va bellugar una mica i un raig de lluna li anà directe al ulls. On era? Què havia passat? Es quedà un instant mirant el cel –la lluna plena i aquell ramat d'estrelles– i, molt molt fluix, mormolà:

–Un milió de milions cinc-centes trenta-cinc mil...

La veu se li anà apagant mentre acabava la frase i de cop, pling!, havia desaparegut. Ni havia marxat, ni havia caigut de les mans de la Minerva. Res de tot això. La xi-

queta l'estava acariciant, però, de cop i volta, ja no hi era.

Què se n'havia fet, de l'Antolí?

On havia anat?

Però si feia un instant estava allí mateix, sense coneixement, a les seues mans.

Com podia ser?

No tingué temps, però, de posar-se a buscar-lo. El Lluís i la Laia, que arribaven del jardí, cridaren alhora:

–Minerva! Minerva, filla! Què t'ha passat? Et trobes bé?

La Minerva féu que sí amb el cap i s'abraçaren tots tres tan fort com van saber.

AL JARDÍ, mentrestant, un gat miolava rabiüt. Quina història era aquella de fer desaparèixer els ratolins? Regossos! Ves quina tocada de bigots! I ara què menjaria per sopar?

I, A DALT DEL CEL, un ratolí disfressat de pallasso acabava d'aterrar sobre la lluna plena. Tenia catorze dies justos per menjar-se sencera aquella bola de formatge blanc, abans que la princesa de la nit no el tornés a baix, al celler de la família Prades.

Us en recordeu?

Aquell celler fosc, polsós, humit i silenciós.

Aquell celler com tots els altres cellers del món.

Tortosa, l'Ampolla i Calaceit
Hivern i estiu de 1996

Índex

1 Els retrats de l'avi Anton 7

2 L'altra punta de món 17

3 Quina xiqueta! 25

4 Ostres, tu, un ratolí! 39

5 Ostres, tu, dos ratolins! 51

6 Embolica que fa fort 61

7 Qui ho ha dit, que l'Antolí no sap el que vol? 71

8 Tant de bo! 81